TOKYOPOP GmbH
Hamburg

TOKYOPOP
1. Auflage, 2020
Deutsche Ausgabe/German Edition

Aus dem Japanischen von Diana Hesse

First published in Japan in 2018 by Ichijinsha Inc., Tokyo.
Publication rights for this German edition arranged through
Kodansha Ltd., Tokyo.

Redaktion: Lisa Duty
Lettering: Vibrant Publishing Studio
Herstellung: Alina Kronenberg
Druck und buchbinderische Verarbeitung:
CPI – Clausen & Bosse GmbH, Leck
Printed in Germany

MIX Papier FSC® C083411
Wir achten auf die Umwelt.
Dieses Produkt besteht aus FSC®-zertifizierten und anderen kontrollierten Materialien.

ISBN 978-3-8420-5819-4

www.tokyopop.de

Im Fluss der Zeit

Das ist ... eine Okra-Blüte.
Korrekt!
Du kennst dich echt aus.

Im Fluss der Zeit

Ko.
Ende

Jetzt ...
... bin ich an der Reihe!

Du bist wirklich ein hoffnungsloser Fall.
Dein Wunsch ist in Erfüllung gegangen.

... dann le-be statt-dessen mit mir gemein-sam!

Ich dachte, das war Opa?
Ich bin gekommen, weil du mich gerufen hast ...
... und weil ich dir begegnen wollte, Shiro.
Dann nimm nicht Opas Asche mit ...
... sondern mich!
Sie weist mir den Weg, um meine Aufgabe zu Ende zu bringen.
Ich brauche keinen Wegbegleiter mehr.
Ich setze mich mit meinem ganzen Leben zur Wehr.
Ko ...
Aber ...
... wenn du sogar bereit bist, dein Leben für mich aufzugeben ...
... Shiro ...

Der Flieger ...
... sollte möglichst genauso fliegen wie damals, denke ich.
Der-jenige ...
... der mich gerufen hat, warst tatsäch-lich du, Shiro.

Ich habe dich wirk-lich ...

... ist das das Mindeste, was ich tun kann, um mein schreckliches Verhalten geradezurücken.
Erfüllst du mir meine Bitte?
Es ist wirklich gemein, deine Liebe für mich als Grund vorzuschieben.
Das macht mich zum Einzigen, der deine Bitte erfüllen kann.
Lass uns Abschied nehmen ...

Musst du immer alles allein entscheiden ...?!
Ich habe mich so schrecklich verhalten ...
... daher möchte ich wenigstens für deine Gegenwart, Zukunft und Vergangenheit mein Möglichstes tun.
Ich muss es einfach tun.
Ich habe dir doch gesagt ...
... dass es mir egal ist.
Dir ist selbst bewusst, dass du das nur aus Selbstgefälligkeit tust, oder?
Und du willst trotzdem gehen, Ko?
Gerade weil du so nett bist, mich zurechtzuweisen ...

Darum muss ich zu ihm gehen und mit ihm reden.
Ich habe auch noch einiges bei ihm wiedergutzumachen.
Ich möchte bei dir sein, Shiro ...
... deshalb gehe ich zurück.
Entschuldige.
Aber echt ...!

Sind deine Gefühle für Opa etwa so ...
Ich liebe dich, Shiro!

In der Welt, in die ich zurückkehre, ist er noch.
Er hat sein Leben lang auf mich gewartet.
Deshalb ...
Was redest du da?!
Hast du ... die ganze Zeit so gedacht?
Während du hiergeblieben bist und mir ins Gesicht sahst?!
Jetzt willst du mir sagen, dass es doch falsch war?!

Ich komme auch mit!
Nein.
Bleib du hier, Shiro.
Opa ist nicht mehr da!

Hast du deine Angelegenheiten geklärt?
Sein erster Todestag ist vorbei. Wird Zeit, seine Sachen wegzuräumen.
Sind eh nur Fotos und Bücher.
Shiro.
Würdest du mir etwas von Kikujiros Asche geben?
Wieso?
Ich werde sie zum Meer mitnehmen.

Sie blühen dieses Jahr wieder prachtvoll.
Sollen wir seine Asche hier verstreuen, wie im Märchen *Hanasaka Jiisan*?
Dann wird dich ine himmli-sche Strafe treffen.
Die Welt dreht sich weiter, egal wer stirbt.
Geschieht ihm recht.
Was das angeht bist du scharfsinnig.
Weil er dich zurückgelassen hat, Shigesumi?
Weil wir beide uns ähnlich sind.
Das werde ich sicher nicht zugeben.
Außerdem ... ist das eine Sache zwischen ihm und mir.

*Anm. d. Red: Vermutlich Anspielung auf *hime-hajime*, den ersten Sex im neuen

Also ist es doch schnuppe, oder?
Schnuppe ...
Die Liebe macht den Menschen dumm.
Wobei du da mehr Erfahrung haben solltest als ich.
S... Streu kein Salz in meine Wunden ...
Die Vergangenheit spielt keine Rolle.
Heute ...
Morgen ...
... schlafe ich aus, esse Mochi ...
... schaue einen Film, nasche Süßigkeiten und gammle einfach nur herum.
Mit dir zusammen.

Hast du nichts anderes im Kopf?!
Ich bin eben noch jung.
Und ich wollte dich ...
... auf andere Gedanken bringen. In letzter Zeit warst du nicht gut drauf, Ko.
Shiro ...
... was ...
... würdest du tun, wenn ich dir sage ...
... dass ich in Wahrheit ein furchtbar böser Mensch bin ...
... und dich ins Unglück stürzen werde?
Du hast mir schon ma eine ähnliche Frag gestellt.
Dabei verrätst du im gleichen Zug, welche Antwort du gern hören würdest.
Uh ...
Ganz schön gerissen.
Tja ...
Mal überlegen.
Obwohl du selbst impulsiv bist, dich gern einmischst und ein Dickkopf bist, lässt du manchmal den Erwachsenen raushängen. Ich wünschte, daran würdest du ein bisschen arbeiten.
Aber im Moment bin ich nicht unglücklich und nur darauf kommt es an.

TICK
Okay.
Äh ... Alles Gute im neu...
Ach nein, das Trauerjahr ist noch nicht vorbei.
Mögen wir uns auch in diesem Jahr gut verstehen!
Gleichfa...
SCHNARCH
ZZZZZ
Hast gut durchgehalten.
Du hättest doch schlafen gehen können.
Mmh ... Nein ...
Morgen schlafen wir aus ...
... essen Mochi, gammeln herum ...
... und sehen uns *Zurück in die Zukunft* an, während wir Chips und Eis essen.
Bis zum Dritten faulenzen wir nur zu Hause herum.
Ab dem ierten hast u ja schon ieder Training ...
Ah! Wie wär's, wenn wir zum ersten Mal im neuen Jahr vögeln?
...
Vögel? Spatzen? Schwalben? Rotke...
Ich meinte Sex.

Ich bin zu Hause.
Shiro
Von Shigesumi

Ko?
Hat mein Onkel dir was ge-tan?
Nein.

... dann hör auf, an Shiro zu zweifeln!
KNARR
Oh.
Willkommen zu Hause.
Du kommst spät.
Ich kann mich nicht entscheiden, ob ich Eintopf oder Curry kochen soll.
Was meinst du? Oder soll ich Nudeln kochen?
Ja.

Und dass er so geworden ist, liegt an ...
Ich habe keine Ahnung, warum dich das so mitnimmt ...
... aber Shiro liegt nicht nur deshalb so viel an dir, weil er eine gute Seele ist.
Wenn du nicht willst, dass ich dir ein Veilchen verpasse ...

Und doch hat er dich die ganze Zeit über bei sich behalten.
Da kann ich ihm nicht reinreden.
Du irrst dich, Shigesumi.
So ist er nicht.
Shiro ist ...
... einfach eine gute Seele!
Er ist besorgt ...
... was sein Gegenüber empfinden könnte ...
... wenn er ihm seine Trauer oder seine Einsamkeit zeigt.

Ich kann Shiro nicht in die Augen sehen. Es ist besser, er kommt ohne mich aus.
Er hat sowieso nie den Wunsch geäußert, dass ich mich um ihn kümmern soll.
Shiros ...
... Interaktionen mit anderen waren immer nur oberflächlich.
Vielleicht wollte er sich auf niemanden einlassen oder sah keinen Sinn darin ...

Meine Schwester war sanftmütig.
Sie war sanftmütig und schwach ...
... deshalb hat es sie zerfressen ...
... und sie hat ihn im Stich gelassen.
Shiros Eltern ließen ihn zurück und starben in der Fremde.

Hat Shiro jemals über seine Eltern gesprochen?
Ich sagte doch ...
... dass sein Großvater ein Tunichtgut war.
Was wird aus der Frau und dem Kind eines Mannes, der nicht in der Lage ist ...
... seine Familie ...
... zu lieben?
Kannst du dir vorstellen, wie es für meinen Schwager ...
... für Shiros Vater war ...
... in einer unbehaglichen Umgebung aufzuwachsen? In der nur der äußere Schein aufrechterhalten wird?
Er liebte seine Frau, meine Schwester.
So wurde Shiro geboren.
Doch er wusste nicht, wie man *so etwas* liebt.

Das ist eine Sache zwischen mir und Shiro!
Ich habe nichts getan, wofür ich mich bei dir entschuldigen müsste.
Shige-sumi ...
... es ist mir immer noch ein Rätsel.
Dir liegt so viel an Shiro.
Wieso lässt du ihn dann allein?

... du hast es wirklich fertiggebracht.
Wenn man ein ungutes Gefühl hat, liegt man damit meistens richtig.
Du sagst es.
Hättest du mich doch nur gleich am Anfang davongejagt!
Das ist ja wohl deine Sache!
Schieb die Schuld nicht auf andere!
Ganz recht!

Mit wem treibst du es?
RUMS
Ich hielt es ja nicht für mög-lich, aber ...

Für gewöhnlich hatte er immer ein Grinsen aufgesetzt.
Der sture alte Sack schreckte jedoch nicht davor zurück, seine Mitmenschen vor den Kopf zu stoßen.
Weiß das ...
... auch Shiro?
Ich sagte dir doch ...
... dass er für ihn ein vorbildlicher Großvater war.
Werter Kiku ...
... du bist wirklich unachtsam.
Hä ...?

Auf diese Weise auseinanderzugehen, konnte er nicht verzeihen.
Seine Familie verstieß ihn, aber er behielt seinen Namen.
Er hat die ganze Zeit über ...
... hier gewartet.
Auf diese eine Person ...

... dass er sie nicht lieben konnte.
Was ...?
Kikujir plagte Schuldg fühle
... weil er nicht in der Lage war, seine Familie zu lieben.
Aber er hat ...
... geheiratet ...
Shiros Großmutter war das egal.
Sie hat ihn ins Familienregister eintragen und bleiben lassen, weil sie ihn nicht sich selbst überlassen konnte.
Er konnte ihre Gefühle jedoch nicht erwidern.
Er hatte im Krieg eine Gefallenenmitteilung erhalten.
Da es aber niemanden gab, der die Leiche gesehen hatte, weigerte er sich, daran zu glauben.

Es geht um Kikujiro.
Bei der Andacht ...
... nanntest du Shiros Großvater einen Tunichtgut.
Was waren das für Schuldgefühle, die ihn plagten?
Ach ...
Dass du dich daran noch erinnerst ...
Weil du dich so age ausgedrückt hast.
Ja, weil dir Shiro offenbar nichts erzählt hat.
Mal abgesehen von seinem Großvater.
Na, meinetwegen.
Um es ganz deutlich zu sagen ...
... lag es daran ...

Letztes Kapitel

BLINZEL
Mh ...
Nanu?
Shiro?
WAPP
Oh! Ich bin einge-schla...
Hä?! Ich konnte schlafen ...?
Ach ...
Weil du da warst, Shiro.
Ah, wie spät ist es?!

Die Wäsche ...
Z Z Z
Ist ja unge-wöhn...

Achtet darauf, genug zu trinken!
Und überfresst euch nicht!
Geht klar!
Ja!
BZZZ
Shiro, du bist neuerdings unschlagbar.
Heute hast du haushoch gewonnen.
Tja.
Deine Reisbällchen sind auch krass.
Gigantisch!
Stimmt ...
Ist irgendwas passiert?
Wie machst du das immer ...?
Solange man Appetit hat ...
... geht es einem gut, oder?

Bist du froh, dass ich da bin?
Ja ...
Ab morgen habe ich wieder Kendo-Training.
Mach mir was zu essen, ja?
Ich wette, diesmal werden die Reisbällchen noch größer.

Damals dachte ich ...
... dass ich nicht alleine sterben möchte.
Und dann bin ich hier gelandet.
Obwohl ich selbst vor der Zukunft geflüchtet bin.
Was für eine Ironie ...
Und die Person, von der du nicht allei gelassen wolltest, war mei Opa, ja?
Da hat Gott ja wirklich einen ungeheuren Wunsch erfüllt.
Ich sagte doch, ich ...
Dann ...
... wünsch dir doch stattdessen, mit jemandem gemeinsam zu leben.
Mein Großvater hat meine Großmutter geheiratet.
Mein Vater wurde geboren.
Er hat meine Mutter kennengelernt ...
... und darum bin ich nun hier.

Was mein-test du damit, dass du ...
... einen Wegbe-gleiter gesucht hast?

Ko ...
...!
Es ist ...
... die Wahrheit ...!
Dass ich mich zu Shiro hingezogen fühlte.
Dass ich ihn geküsst habe.
Es ist unbestreitbar, dass ich ihn liebe.

Shiro …
Nh …
Ah …
…!
Hah …
Uh …
Uh …
Nh …
Shiro …
Hah …
ZIEH
FLUPP
Ah …

Bitte sag mir, dass du mich liebst!
Hn ...
Uh ...

Deshalb sorge ich dafür ...
... dass du mir gehörst.
Es nützt ja nichts. Dann gebe ich mich eben damit zufrieden, der Zweite zu sein.

Nichts, was du jetzt sagst, könnte mich überzeugen.
Du trägst die Liebe für meinen Großvater in dir, das steht fest.
Ich kann unmöglich als sein Ersatz herhalten.

Es ist doch kein Wunder, dass ich ...
... durcheinander bin.
Ich bin es immer noch.
Shiro ...
... ich ...
Wenn du mir erzählen willst, das wäre nicht ausschlaggebend gewesen ...
... weiß ich auch nicht ...
Aber ...!

Hier steckst du ...
Du hast auch bei Daiki angerufen, stimmt's?
Lass so was! Das ist peinlich!
Shiro.
Entschuldige den Aufruhr.
Gehen wir heim.
Shiro.
Warum musst du mich überhaupt abholen?
Ich bin schon sechzehn!
Du musst nicht herumlaufen und mich suchen.
Aber ...

Nein …
Es ist allein meine Schuld …
Wenn man zusammenwohnt …
… gibt es unweigerlich die ein oder andere Meinungsverschiedenheit …
… aber …
Was hast du Shiro angetan?
Er hat nichts getan.

Ver-
stehe
...
Danke.
Nein, hier ist er nicht.
Ach so ...
Er ist sechzehn. Wieso bist du so be-sorgt?
Habt ihr euch gestrit-ten?

Tut mir
leid.

Ich bin vor Kikujiro ...
... und der schmerzvollen Zukunft ...
... weggelaufen.
Ich hasste mich dafür, ihn nicht zur Verlobung beglückwünschen zu können.
Das tut weh ...
Dann hast du dich nur in mich verliebt, weil ich Opa ähnlich sehe?
Es gibt also wirklich so etwas wie unterbewusste Erinnerungen, was?
Nein, das ist ...

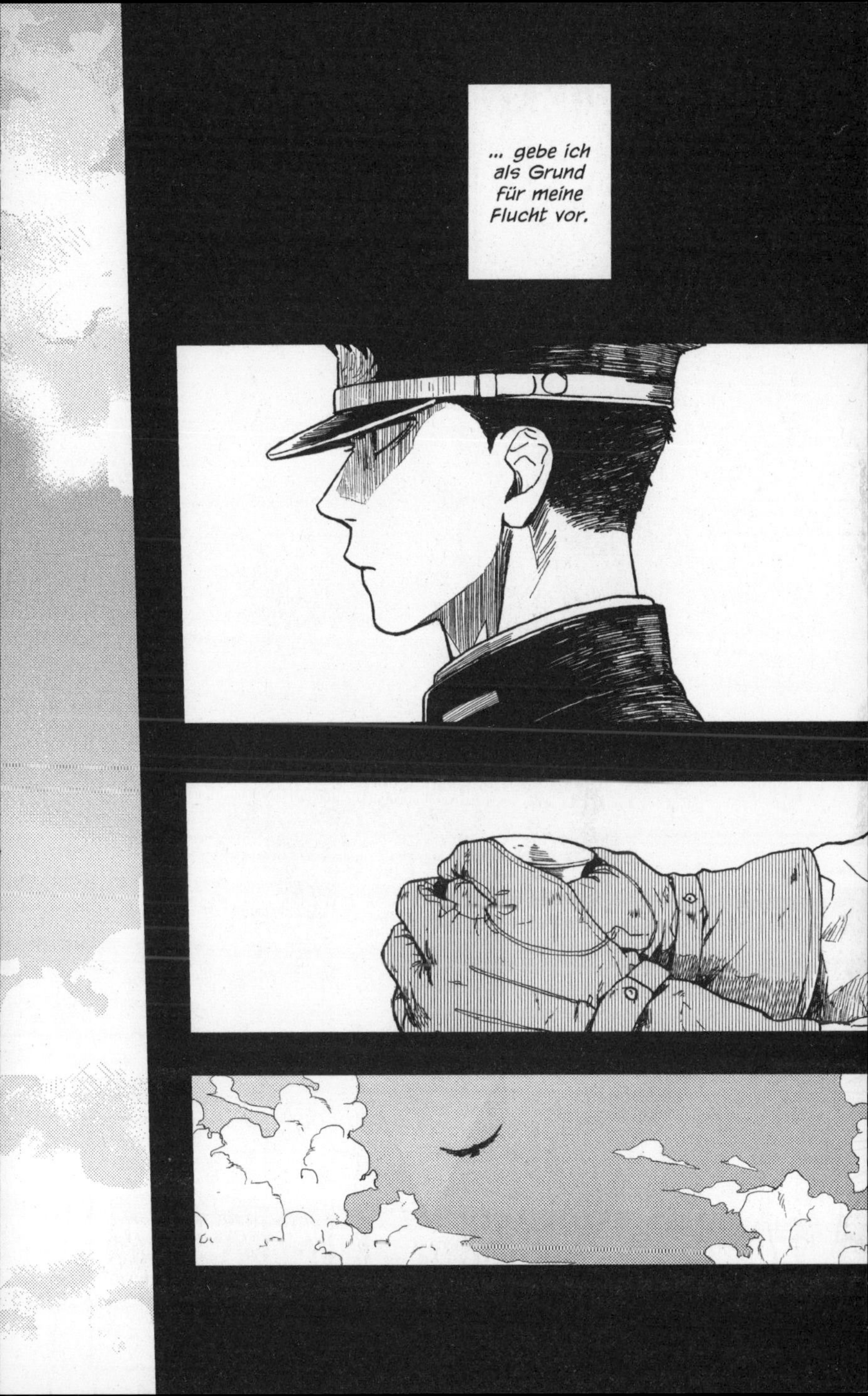
... gebe ich als Grund für meine Flucht vor.

Wo hast du denn diesen Trick gelernt?
Ich gebe mich geschlagen.
Dann habe ich keine Wahl. Gehen wir zurück?
Na los, du auch ...
... Ko.
Meinen Leib, dem du eine Daseinsberechtigung verliehen hast ...
... und meinen Namen, dem du eine Bedeutung geschenkt hast ...

Jetzt stehst du mir Modell, Ko.
Sonst läufst du mir ja immer davon ...
Kikujiro.
Ich bitte dich inständig, kümmere dich gut ...
... um dieses Haus und um dich selbst.
Das ist mein größter Wunsch.

Bitte erledige deine Arbeit.
Ich mache eine Pause.
Die Luft ist heute so gut.
Darf ich ...
... ein Foto von dir schießen?
Hier muss man draufdrücken?
Genau.
Sieh zu, dass ich männlich aussehe.

Ich bitte Sie inständig ...
... lassen Sie mich dieses Haus beschützen!
Ich habe dich nicht ausgebildet ...
... um ich mir egneh- men zu assen!
Ich war ein ungelehriges Kind ...
Ich werde meine Zustimmung nicht geben!
Verzeihen Sie mir meinen Eigensinn.
Nur eines noch ...
Sie rfen ich erne deln ...
... aber bitte ...
... sagen Sie Kikujiro nichts.

Was sagst du da ...?
Kikujiro kann aufgrund seiner körperlichen Verfassung nicht eingezogen werden ...
... aber ich werde meine Einberufung bald erhalten.
Ich möchte bereits vorher freiwillig in die Armee eintreten.
Es ist nicht nötig, dass du dein Leben sinnlos wegwirfst!
Ich kann das nicht gutheißen!
Die Augen der Öffentlichkeit sind auf das Haus Kayama gerichtet.
Da ich nun auch den Namen Kayama trage, wird sicherlich niemand etwas dagegen haben.
Außerdem ...
... habe ich von Ihnen und Kikujiro eine Menge gelernt.
Ich möchte höher aufsteigen als ein einfacher Soldat.
In einer hohen Position kann ich den Geschäften des Hauses Kayama bestimmt von Nutzen sein.
Ko ...!

Schon wieder.
Wie lange soll das noch so gehen?
KLICK
So etwas solltest du lieber nicht sagen.
Das steht mir wohl nicht zu, was?
Bei meiner körperlichen Verfassung.
Herr Ko, Ich bitte um Verzeihung!
Kein Problem. Fahren Sie bitte damit fort.
Ja ...!
Verstehe.
Die militärischen Statuten werden immer strenger.
Bestimmt wird es künftig noch schlimmer.
Aber das betrifft das Haus Kayama nicht, wohl oder übel.
Mein Herr.

... abe
er ist e
eigensir
ger ...
Ko?
... int
gente
Was hast du?
... und sanftmütiger Mensch.
Ich bin derjenige, der vor lauter Euphorie seine Position vergessen hat.
Es ist nichts.
Ich werde meine Pflichten erfüllen.
*Anm. d. Red.: Ein Gedicht aus der Gedichtantholo
Manyoshu, das 1937 vertont wurde und während
Pazifikkrieges in Japan sehr beliebt
Wenn ich ans Meer gehe ...
... werde ich eine durchweichte Leiche sein* ...

Ich habe eben deine Mutter gesehen.
Ist etwas vorgefallen?
Wir haben bloß geplaudert.
...
Verstehe.
Mir erzählt er also nichts davon?
Oder kann er es mir nicht sagen?
Ich weiß nicht, warum er mit mir diese Art von Beziehung eingegangen ist ...
... und inwieweit er sich Gedanken um seine eigene Position macht ...

10. Kapitel

Dieser Junge …
Entschuldige.
Ko.
Sind die Formalitäten für die Adoption abgeschlossen?
Ja.
Es gab keine Probleme.
Kam der Vorschlag zur Adoption von dir?
Ja, aber die Entscheidung hat mein Vater selbst getroffen.
Jetzt bist du offiziell ein Mitglied der Familie Kayama.
Ich werde meine Pflichten als solches erfüllen.

...
...
... nicht wahr?
...
Ich habe sie bereits einmal getroffen.
Sie ist ausgesprochen nett.
Es geht also ...
... um eine Verlobung ...?

In diesen Kriegszeiten weiß man nie, wie sich die Lage entwickelt.
Ich bürde dir diese Aufgabe nur ungern auf ...
... aber schließlich bist du für ihn wie ein Bruder.
Es würde mich sehr freuen, wenn du das Angebot annimmst.
Ob das wirklich ...
... in Ordnung ist?
...!
Deshalb das Erinnerungsfoto?
Das bedeutet, dass Kikujiro damit einverstanden ist?
...
...

Ihr beide versteht euch ja wirklich prächtig.
Gyah! Gyah!
Ko, ich muss mit dir sprechen.
Ja!
Und ich leiste Kiku Gesellschaft.
Na gut.
Dann eben nachher.
Vergiss es!
Das wird ein Erinnerungsfoto.
Möchtest du mein Adoptivsohn werden?
...!
Du bist ein guter Junge.
Auf der einen Seite möchte ich dir etwas hinterlassen ...
... aber vor allem wünsche ich mir, dass du Kikujiro auch in Zukunft unterstützt.

Ko!
KNIPS
Was machs du da ...?
Die habe ich von meinem Onkel bekommen.
Sie ist gebraucht, aber es wäre schade, sie nicht zu benutzen.
Frag vorher bitte um Erlaubnis!
Zu Fotografieren ist doch der Sinn einer Kamera.
Oh, Ko!
Könntest du mal so schauen wie wenn ich dich küsse?
Was redest du da?!

Hah ...
Siehst du?
Es ist alles in Ordnung.
DOSCH
Schlag mich nicht gleich!
Schulter
...!
Was sollte das?!
D... D... D... Du hast mich gerade ...
... gekü...
Mich!
Darf ich noch mal?
Hörst du mir überhaupt zu?!
Brauchst du wirklich eine Antwort, um es zu verstehen, Ko?

Bitte verzeih mir ...!
Ich habe mich hinreißen lassen und meine Pflicht vernachlässigt ...
Ich habe ...
Hm?!
Mh ...
Hah ...
Hf ...
Hah ...
Mmh ...

KLAPPER
I... Ich habe genug für heute!
Gehen wir nach Hause!
Och ...
Hng ...
HUST
HUST
Hng...
Kikujiro!
Hah ...
Puh ...
Ich habe mich wohl überschätzt.
In letzter Zeit waren die Anfälle nicht mehr so stark.
Es geht mir wieder gut.

Wieso verwöhnst du mich so?!
Weil mir gefällt, wie du dann dreinschaust.
Es macht mir Spaß, dir zuzusehen.
Ich bin doch kein Kind ...
Aber ...
... ich danke dir.

...
Fix und fertig!
Amüsiert er sich etwa auf meine Kosten ...?
Bitte sehr.
Anpan!
Du sagtest, du hättest noch nie welches gegessen.
Vielen Dank!
Oh!
Das war köstlich!
Was möchtest du als Nächstes tun?
Was?
...!

PRASSEL
Ko, bitte kümmere dich um ihn.
Bei dem Wetter heute ...
... wird er sich hoffentlich schonen, aber ...
Bitte behalte ihn im Auge.
Fertig zum Ausgehen.
Die ganze Zeit in meinem Zimmer zu hocken macht es nur schlimmer.
Was?
Ah!
Du wurdest doch dazu angehalten, dich zu schonen!
Im Radio laufen auch nur deprimierende Nachrichten.
!
Wenn mein Aufpasser mitkommt, ist es doch halb so wild, oder?
TAPP
Ich werde Ärger bekommen ...
Sehen wir uns einen Film an?
Also weißt du ...!
Hi hi hi.

TSCHING
Du lieferst zu viel Angriffsfläche!
Wah!
Der Sieg ist erneut mein.
Ugh ...
Ha ha ha!
...
!
Kikujiro?
Es ist nichts.
Hah ...
Wirklich schade.

SCHLUCK
Na los!
Fang an!

Heb die Arme.
Du wendest zu viel Kraft auf.
Zieh das Kinn ein.
So lang-sam hast du den Dreh raus!
Für dich bin ich doch ohnehin kein Geg-ner.
Jemanden zu unter-richten ist eine gute übung.
Wenn du das sagst ...
TACK
Verlang mir aber nicht zu viel ab ...
Du hast aber Talent.
!

Ich eigne mir zwar auch das Wissen der alten Gelehrten an ...
... doch dieser Mann hört niemals auf, weiter zu denken.
Relevant ist, wie man das Gelernte einsetzt, sagt er.
Ganz selbstverständliche Dinge werden mir erst durch ihn bewusst.
Das ist frustrierend ...
... aber ...
Ko!
Wie findest du das?
Pornografie
Unglaublich, was die alten Gelehrten da fabriziert haben.
Ganz schön roh.
Wie soll ich dich da ernstnehmen!
Dir gefällt es also auch, Herr Yoda.
Solch obszöne Bilder gefallen mir nicht!
Und ob es das tut!

Nahrung ist unentbehrlich ...
... aber was die richtige Ernährung ist, das weiß niemand.
Also pflanzt du alles an, um es selbst herauszufinden?
Nein, das ist einfach nur mein Steckenpferd.
Ach so ...
Er ist intelligent.

*aus einem Gedicht von Kenji Miyazawa

Ko.
Würdest du bitte meinen Familiennamen benutzen ...
... Kikujiro?
Wieso denn? Ko ist doch ein schöner Name.
Du kannst es nicht sein lassen ...!
Hast du gerade Zeit?
Gehst du mir ein wenig zur Hand?

Kiku ...?
Ich kam hierher ...
... weil ich einen Wegbegleiter suchte.

... Kiku-
jiro.

Ko.
So schreibt man deinen Namen also.
Das Zeichen für Saat-gans.
Ein Was-servogel.
Sie können die See und den Himmel auskosten. Sie haben es wirklich gut.
Ich bin ein Mensch und kann daher nicht fliegen.
Du hast doch selbst einen wun-derbaren Namen ...

Ko Yoda

Wow ...
Wie jung Opa da war ...
Ko Yoda
Kiku, diese hier dürfte am älteste sein.
STARR
Hm ...
Siehst du dir immer noch dieses Foto an?
FLIP
Sieh mal! Da hat er ein Selfie von sich gemacht.
Selfie?
Ko Yoda
Oder doch nicht?
Ko ...
... Yoda ...?
Ko Yoda

Ist ja nicht der Rede wert ...
Das sind ja Unmengen!
Ich hab sie mir lange nicht angesehen.
SCHRECK
FLAPP
Shiro, du warst ja richtig süß!
Du hattest es doch von Anfang an solche Bilder abgesehen!
Fotos Shiro
Da sieht man mal ...
... wirklich ...
... wie die Zeit vergeht ...
STARR
Tu nicht so tiefsinnig!
PURZEL

So eine Bibliothek ist wirklich fantastisch!
Ich weiß nicht, ob dir das weiterhelfen wird, aber ...
KLACK
Was ist das?
FLAPP
Fotoalben.
Fotografie war schon immer Opas Hobby.
Ah!
Da sollten auch ein paar sehr alte dabei sein.
Ich denke, die Landschafts- und ...
... Alltagsaufnahmen bringen die Atmosphäre gut rüber.
Das Visuelle ist auch wichtig ...
... wenn man sich erinnern will.
Nehm ich an.
Du verwöhnst mich wirklich, was?
Mach ich doch gern ...

Aber genauso möchte ich ...
... mit allem, was mich ausmacht, hier an deiner Seite sein.
Du bist ...
... ein echter Dickschädel!

Kiku, dir ist bestimmt aufgefallen ...
... dass in meinem Haus fast nur Romane stehen.
Es gibt kein einziges Geschichtsbuch.
Ja ...
Ich nahm an, dass es dafür bestimmt einen Grund gibt.
Möchtest du vielleicht in Erinnerungen schwelgen?
Nein.
Ich möchte mich nicht damit belasten.

Guten Appetit!
Hm.
Zuerst das Anpan.
Ist meine Empfehlung.
Halbe-halbe.
!
Lecker, oder?
Anpan ...
... habe ich schon mal gegessen.
Das hat sich nicht verändert.
RAUSCH
Am 15. ist der Jahrestag zum Kriegsende.
Köstlich!
Diese Woche möchte ich Ihnen Briefe vorlesen ...
die von eit- gen alten ben.

Kayoko!
ZIIIIRP
ZIRP
ZIRP
ZIIIRP
Bäckere
Oh!
Hm?
Hallo! Da bist du ja.
Für euch!
Iwa
Kopfsalat
Das ist doch eine gute Ernte.
Ich habe Netze aufge-spannt, aber es haben sich trotzdem In-sekten daran zu schaffen gemacht ...
FÄCHEL
FÄCHEL
Das macht nichts. Vielen Dank.
Danke sehr.
Setzt euch und trinkt einen Schluck.

Bin wieder da!
TORKEL
Oh, hallo! Du hattest einen harten Tag, was?
Am Halbjahresende ist es immer stressig ...
Ah, ich hab Kohldampf.
Halbjahresende ...
DAMPF
Shiro! Shiro!
Hm?
Ich habe Curry-Brötchen gebacken!
Hab mich schon gefragt, wann es so weit ist ...
DAMPF
DAMPF
Es regnet.
Ich hatte sonst nichts zu tun.
KAU KAU
Bas- eln wir önwet- rpüpp- chen?

Wo wars du denn
Hm? Auf dem Weg zum Feld habe ich Kayoko gesehen und wir haben geplaudert ...
Ich wohne nicht weit weg.
?
Hah ...
He, Shiro!
Was soll ich daraus machen?
Einen Salat? Eine Suppe? Kayoko meinte, man kann ihn auch anbraten!
Schmeckt lecker.
Beim Verzehr der ersten Früchte schaut man nach Osten und lacht.
Ha ha ha ha ha!
Ich werde bald noch eine ganze Menge mehr ernten!
Freu dich darauf!

Oh!
Shiro!
Sieh nur!
Ich habe den Kopf-salat ge-erntet!
TAPP TAPP TAPP TAPP TAPP TAPP TAPP
Meine erste Ernte! Gemüse, das ich gepflanzt habe!
Sieht doch gut aus, oder?!
Nur noch etwas klein.

Hah ...

DODOMM
DODOMM
DODOMM

Wenn ich her-kam ...
... gibt es dann auch einen Weg zurück?

Ein Soldat im Krieg ...
Ich kenne diese Worte und ihre Bedeutung ...
... aber sie fühlen sich nicht real an.
»... um dein Leben zu retten.«

Mir reicht's.
Was ist mit Lernen?
Bin müde.
Dann leg dich ins Be...
Ah!
Soll ich dich tragen?
Auch wenn es wahr sein sollte, was wir heute besprochen haben ...
... können wir an der Situation nichts ändern.
Darum ...

Und ...
... wenn die Amnesie psychisch bedingt ist ...
... dann würde es mir nicht gefallen ...
... wenn deine Erinnerungen zurückkehren ...
... oder du wieder zurückgehst.
Das ist mein voller Ernst.
Gibt es einen Grund, rot zu werden?
Wer würde sich nicht über so viel Freundlichkeit freuen?
Haaaaaach ...
RRRRUTSCH
RUTSCH

Das tut weh!
Wenn diese Klamotten kein Cosplay waren ...
... dann warst du vermutlich ...
... ein Soldat in der ersten Hälfte des zwanzigsten Jahrhunderts.
Einer, der im Krieg war.
Im Krieg ...?
Das ist nur meine Vorstellung und ich habe ...
... keine Ahnung was so eine Zeitreise auslösen könnte ...
... aber ich denke, dass du bestimmt in einer ernsten Notsituation warst.
Und ein Gott, von dem ich nicht weiß, ob er existiert oder nicht ...
... hat dich hierhergebracht, um dein Leben zu retten.

... komme ich etwa nicht aus der Gegenwart?
Gut möglich.
Du wusstest es also?
Nicht direkt ...
Mir fällt es auch schwer, es zu glauben.
Das ist einfach so surreal.
KNEIF
Wird das jetzt ein neuer Tick?

9. Kapite

Hach ...
Mir reicht's.
Reiß dich zusammen!
Heute bin ich echt fertig ...
Du hast doch bald Klausuren.
Du hast schon ziemlich viele Bücher gelesen, seit du hier bist.
Ja. In meiner freien Zeit leisten sie mir Gesellschaft.
Wahrscheinlich habe ich schon immer gern gelesen.
Ich erinner mich zw nicht ...
... aber manchmal habe ich das Gefühl, ein Buch nicht zum ersten Mal zu lesen.
Ach?
Allerdings nicht bei Büchern, die nach einem bestimmten Zeitpunkt geschrieben wurden.
Shiro ...

Im Fluss der Zeit

Wooow!
Es ist köstlich!
Das Brötchen!
Wollen wir demnächst welche kaufen gehen?
Mja!
*mit Bohnenmus gefüllte Brötchen
Brötchen kennst du also.
Ja.
Aber dass sie ...
... heutzutage so köstlich sind ...
... das bin ich selbst ...
... und mein wahrhaftiger Weg ...
... im Leben ...

Ich möchte Shiro ...
... rich-tig ...
... kennen-lernen.
Was mir Schuldgefühle bereitet ...
Ah!
Aber sich über andere beschweren ... überrumpel mich nicht so!

*jap. Wurzelgemüse, der Schwarzwurzel ähnlich

Kik...
Musst du immer aus heiterem Himmel ...?!
WATSCH
Hmpf ...
!
Hä?
Was ist?
Was hast du?
...
Hab ich dir auf die Nase geschlagen?

Eine TV-Serie?
Also echt ...
Das hier ist doch keine TV-Serie.
Diese Präfektur liegt nicht mal am Meer. Wie soll ich das machen?
Onkel Shigesumi trifft die Vorbereitungen dafür.
Er ist pflichtbewusst ...
... stimmt's?
ichtig.
Alleine bekomme ich noch nichts auf die Reihe. Heute auch wieder ...
Ich bin froh, dass ich dich habe, Kiku.

Die Süß-kartoffeln sind bald reif.
Komm zu mir, wenn du Fragen hast.
Vielen Dank.
Hm ...
Sowohl Shigesumi als auch Kayoko ...
... lassen dir viele Freiheiten, Shiro.
Weil sie meiner Menschen-kenntnis vertrauen.
Wenn du meinst.
Oh
Danke für deine Hilfe heute.
Das Wich-tigste habe ich zum Glück hinter mir.
Fehlt nur noch die Asche und ...
Du ver-streust sie im Meer?
Ach? Hat Shigesumi dir davon erzählt?

Ist Kayoko noch auf dem Feld?
Ja.
Ich gehe die Wäsche abnehmen.
Okay.
Alles trocken.
Hm ...
Hach ...
Shiro hat mir nichts erzählt.
Weder über seinen Großvater, noch über den Rest seiner Familie.
Es gibt nichts, was ich ...
Kannst du haben.
Wah! Hä?
Vielen Dank!
Du kümmerst dich ja wirklich gut um alles.
Arbeitsstulpen
Ich weiß nicht, wie du dich hierher verirrt hast ...
... aber stell ja nichts Böses an.

Amüsier dich gut auf der anderen Seite ...
... Groß-vater.
Haben Sie vielen Dank.

Keine Sorge.
Für Shiro war er ein vorbildlicher Großvater.
Und wie war er in deinen Au-gen, Shi-geoumi?

Er wurde von seiner Familie verstoßen.
Er lebte nur in den Tag hinein, bis er hier von seiner späteren Frau aufgenommen wurde.
Anscheinend hat er es sich hier gut gehen lassen.
Deshalb war er ein Tunichtgut?
Wenn man von Schuldgefühlen geplagt wird ...
... wird man niemals ganz mit dem Herzen dabei sein.
Sowohl für denjenigen selbst ...
... als auch für sein Umfeld.
Schuldgefühle ...?
Und wenn eine Familie sich nicht füreinander erwärmen kann ...
... ist das unerträglich.
Weswegen?

Wieso ...?
Weil er ein Tunichtgut war.
Er konnte nicht.
Er wollte nicht ins Familiengrab, in dem meine Schwester und mein Schwager liegen.
Deshalb meinte er, wir sollen seine Asche verstreuen.
Mit seinem üblichen Grinsen.
Was hat er denn ...
Weißt du als sein Freund das denn nicht?
!

Ich sehe mal eben nach den Feldern.
Hä? Gern!
Shiro, können wir uns kurz ...
... über die Asche unterhalten?
Stimmt ja, die Asche wurde gar nicht beigesetzt.
Er wollte, dass seine Asche im Meer verstreut wird.
Im Meer?
Er hat ein merkwürdiges Testament zurückgelassen.
Und Shiro und ich mussten uns damit herumschlagen.
Ähm ...
... ich weiß ja, dass an der Andacht nur die engsten Verwandten teilnehmen, aber ...
... nun ja ...
Warum wir so wenige sind?
Na ja, Shiro und ich sind die einzigen Verwandten, die seiner gedenken.

Doch in erster Linie werden die Sutras für die lebenden Hinterbliebenen rezitiert.
Damit sie ihre Trauer überwinden ...
... und ihren wahrhaftigen Weg im Leben fortsetzen.

Es heißt, die Seele bleibt nach dem Tod noch 49 Tage im Diesseits.
Die Sutras werden dem Verstorbenen vorgetragen ...
... um ihm den übergang ins Nirwana zu erleichtern.
Das ist zweifellos der Fall.

!
Nicht schlecht.
Tja.
Er ist …
…?
Iss du auch etwas.
Das gehört zur Andacht.
Dürfte ich vorher die Sutras rezitieren?
Ah!

Heute endet die siebenwöchige Trauerzeit.
Essen wir zum Abschied ein letztes Mal gemeinsam.
Schokohörnchen! Die hat Opa geliebt!
Kayoko, wo ist mein gefülltes Brötchen?
Hast du keins dabei?
RASCHEL
RASCHEL
Als würde ich dir keins mitbringen.
Ist ganz unten.
Juchhu!
Du siehst Kikujiro von Jahr zu Jahr immer ähnlicher.
Das sagst du jedes Mal, wenn wir uns sehen.
RITSCH
...
Da ich dir keine Hilfe gewesen wäre, habe ich dich in Ruhe gelassen, aber ...
LINS

Magst du ...
... Brötchen?
Darf ich vorstellen? Das ist Kayoko.
Sie war eine Freundin von Opa.
Mit ihrem Mann betreibt sie eine Bäckerei.
Aha ...
Nein, die betreibt er allein.
Ich bestelle nur die Felder.
Danke, dass du heute gekommen bist.
Und für die Brötchen.
Ich hatte Kikujiro schließlich sehr gern.

Du bietest mir gerade jede Menge Angriffsfläche.
Du mir auch, Shiro.
Das freut dich doch, oder?
PATSCH
Der Schwerenöter hier bist doch du.
DONG
Ist Shigesumi schon da?
Kann nicht sein. Er holt den Priester ab.
Hat er gesagt ...
DING
DONG
DING
DONG
DING
DONG
DING
DONG
DIIIIN
KLA
KLA
Guten Ta...
Niemand da.
Nanu?
Was war das denn?
KLACK
Shiro ...

Bist du denn kein bisschen durcheinander?
Seit du da bist, ist alles durcheinander.
Du hast ... mit mir ...
Meintest du das mit ...
... »Mach dich auf was gefasst!«?
Shiiiiiroooo!
KNEIF
Aua ...
Weißt du, ich habe beschlossen, es mir zunutze zu machen, dass du noch grün hinter den Ohren bist.
Ich bin nicht grün hinter den Ohren!
Dabei hast du geschmollt, als du das gesagt hast ...!
Wo ist dieser niedliche Shiro hin?
Steht vor dir.
Du fandest mich also niedlich?
Und wenn schon!
Das liebe ich so an dir, Kiku.

KÖCHEL
KÖCHEL KÖCHEL
KÖCHEL KÖCHEL KÖCHEL
Darf ich mal kos-ten?
8. Kapite
Aaah ...
KÖCHEL KÖCHEL

Wie obs-zön!
Sitten-strolch!
Verdorben bis aufs Mark!
FLATSCH
Wah!
Ich bin hier der Schwere-nöter!
Du warst oll in Fahrt, ist es mit ir durchge-gangen.
Bei Männern egt sich ein Schalter um, was?
Na hör mal ...!
Kennst du keine Scham?! Als wäre das nichts ...!
Äh ... Noch eine zweite Runde?
So meinte ich das nicht!

Mh ...
ZUCK
Hn ...
GUTSCH
...!
ZUCK
Hff ...
Hah ...
Hah ...

...!
Du ... Das ist ja ...
Ich bin erwach-sen.
Genau wie du, Kiku.
ch wenn r noch cht zum Einsatz kam.
Berühr mich mehr.
Hah ...
Mh ...
Hah ...
Uh ...
TSCH

FLUTSCH
ZUCK
...!
Da tut sich ja was.
Hah...
!
GUTSCH
GUTSCH

Da regt sich wirklich was.
Ja.
He!
Kiku, du bist doch ein Mann, ja?
Wie du sehen kannst ...
Wenn ich die ganze Zeit neben dir schlafe ...
... wann holst du dir dann einen runter?
RASCHEL
Warte!
...!
ZUCK

...
Hff
...

Aber ich glaube, es würde mir auch gefallen, dich in obszönen Posen zu sehen.
Du magst es doch auch schlüpfrig, oder?
Hä?!
Wärst du völlig desinteressiert, würdest du nicht so reagieren.
Okay?

Also?
Was?
Ich möchte eine Belohnung.
Darf ich dich berühren?
Also, weißt du ...
Ich habe mich an die Reihenfolge gehalten!
Was hast du davon, mich zu berühren?
Du ... na ja ...
So was wie in dem obszönen Heft neulich ist doch eher nach deinem Geschmack, oder?
Stimmt.

Mal so nebenbei, darf ich dich küssen?
Echt jetzt?!
Wenn nicht jetzt, wann dann?
Wa...
Du hast heute gewonnen.
Ich koche was ...
... für dich.
Was ...
... möchtest du essen?
WUPP
Fleisch.
Und Reis.
Ist notiert!
Was hat er denn nur?

Das heißt, meine Coolness hat dich umgehauen?
Wenn ich dadurch einen Nerv bei dir getroffen habe ...
... hat es sich ja gelohnt, mit dem Kendo weiterzumachen.

So männlich ...!
Ah, hätte ich das bloß nicht gesehen!
Was zum ...
Das ist nicht fair!
Hä? Wieso?
Du bist gemein, Shiro!
So männlich ist mein Gesicht eigentlich nicht ...
Es ist nicht das Gesicht!
Ach
o ...
Das ist ja das Problem!
Beim Kendo kommt es zum Vorschein!
Das Innerste!
Dabei benimmst du dich sonst so anders.
Das ist nicht fair.

Kiku
...?

Wir sind wieder ...
... da.
Hör mal.
Zeig es mir noch mal aus der Nähe!
Uwah!
Das ist mir unangenehm.
Ich habe dich heute sowieso schon gesehen. Wo ist der Unterschied?
Komm!
Na los!
Ziemlich hartnäckig ...
Aber alleine will ich nicht.
Wir haben keine Protektoren, also tun wir nur so.
KNIRS
Klar.
KLACK
Was mache ich hier eigentlich?
Was habe ich davon, mich zu vergewissern?

Ist nur der zweite Platz ...
Ach ja ...
Shigesumi wollte uns abholen, wenn du ihn anrufst.
Vergiss ihn. Wir nehmen den Zug.
Komm!

Hach ...
Entschuldige, dass ich nichts gesagt habe.
Ich wollte deinen Wettkampf unbedingt sehen.
So klar wie Eis ...
Es war, als wäre dein Herz so rein wie klares Eis.
Keine Ahnung, was du da redest, aber es ist ganz sicher megapeinlich.
Ein Sittenstrolch beschwert sich?
Ach, das war ein Lob?
Herzlichen Glückwunsch!

Kendo-
Platz 2
Shiro Kayama
Nagatoro-Oberschule
Herzlichen Glückwunsch
herausragenden
Oh!
Kiku!
Wieso trägst du 'ne Schuluniform?
DOSCH
Äääh, Daiki ...?!
Was machst du hier?
Wo hast du die Uniform her?
Wie bist du hierhergekommen?
Das tat weh ...
Und das, ohne mir etwas zu sagen?
Shigesumi hat mich gefahren.
Die Uniform ist auch von ihm.

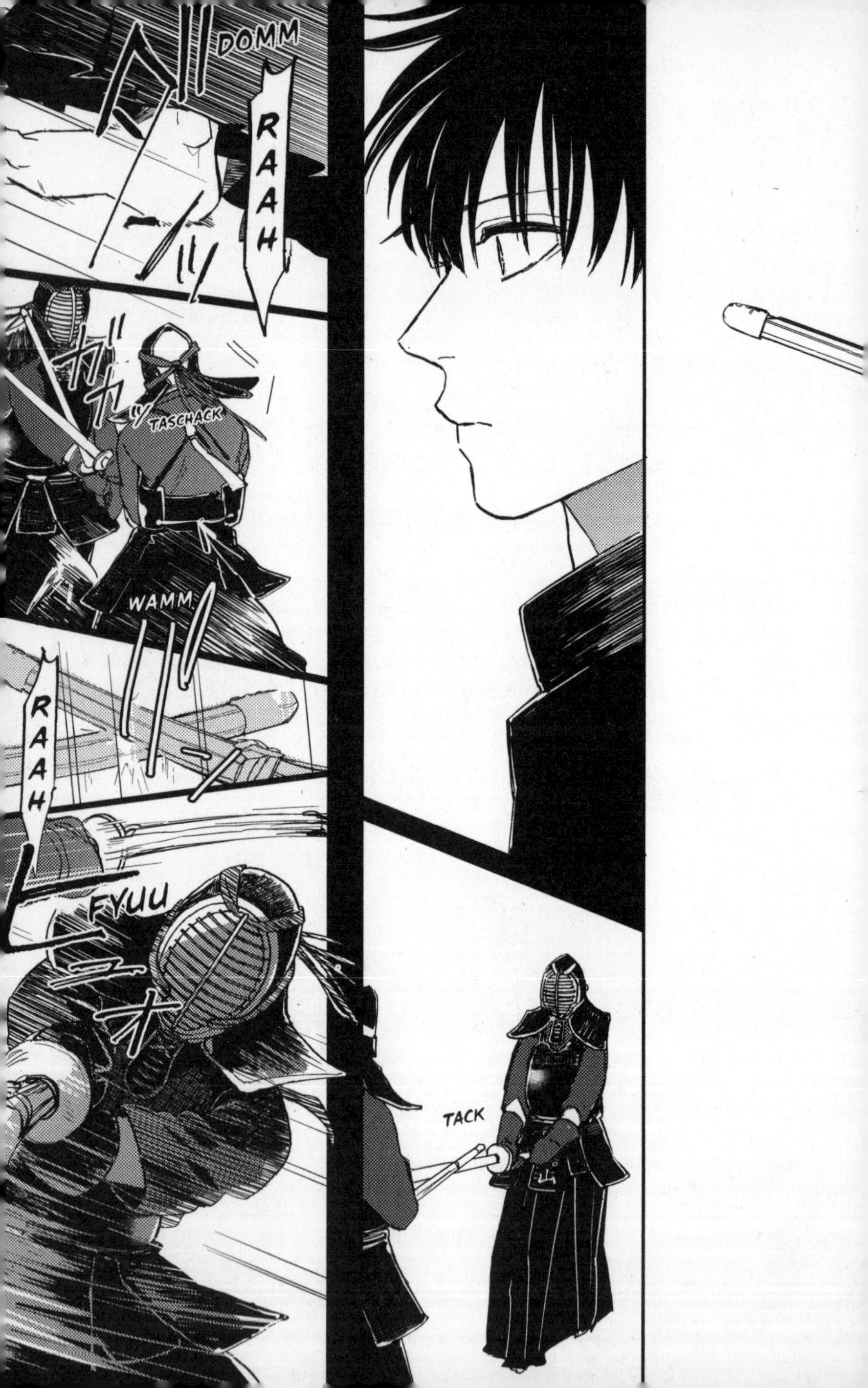
DOMM
RAAH
TASCHACK
WAMM
RAAH
FYUU
TACK

*Nagatoro - Kayama

Willst du es dir wirklich nicht ansehen?
Auf Shiros Gemecker hinterher kann ich verzichten.
Ich wünsche dir viel Spaß, werter Kiku.
Wohlan!
do-Turnier der Präfektur Saitama – Vorentscheid
Kayama ...
Kayama ...
Ah! Da ist er!
Wenn er wüsste, dass ich zuschaue, wäre er bestimmt sauer.

Danke für deine Hilfe.
Gern geschehen.
Aber ...
... war das wirklich nötig?
Schuluniform mit Stehkragen
Auch genannt: Gakuran.
Siehst echt heiß aus.
Ha ha ha!
KNIPS
Du lachst mich aus!
In deinen vorsintflutlichen Klamotten fällst du doch sofort auf.
Die Uniform ist perfekt.
Hm ...
Na, vielen Dank.

Aber selbst wenn ...!
Ich werde hingehen!
Zu Shiros Wettkampf!
Notizzettel
Darum ging es bei dem Telefonat.
Allerdings muss ich erst mal die Frage klären, wie ich ...
... dort hinkomme.
GRÜBEL
Daiki meinte mit dem Zug, aber ich habe kein Geld.
Das wird nichts.
Dann laufen.
Ah, aber ich habe keine Karte ...
...
Hmpf ...
Kann ich dich hier rauslassen?
QUIEH

Vielen Dank ...
Bist weit weg ...
Was gab es denn heimlich zu besprechen?
Ach ...
Nichts Wichtiges.
Hast du dich mit Daiki angefreundet?
Ja, wir haben uns angefreundet.
Mhmmmm ...
Gute Nacht.
Habe ich ihn verärgert?

TÜLÜLÜLÜLÜLÜLÜLÜ
BIEP
Hallo?
...!!
Was denn?
...
WUPP
Da.
Das ist Daiki.
Hallö-chen!
Halte es dir ans Ohr und rede mit ihm.
G... Guten Abend!
Oh! Ich kann dich hö-ren!
...?
Ach, nichts.
...
Hä?
Ah!
...
LINS
FLITZ
Was ist denn jetzt los?

... aber es geht nicht!
Wir schlafen im selben Bett!
W... Was mache ich jetzt ...?
Ab- stand.
Ich hätte gern etwas Abstand.
KNARR
SST
Kiku ...

Und wie ich sie liebe.
Ganz ruhig ...
Ruhig Blut ...
Ich muss mich beruhi- gen ...

Ich ...
... kann das nicht billigen!
Dann lass dich mitreißen.
Mir ist das ziemlich peinlich, weißt du?
Du ...
...!
So etwas darfst du mit keinem anderen als mir machen!
Das klingt ja glatt wie eine Einladung ...
So habe ich das nicht gemeint!
Hach ...
Ich hab Hunger.
RESIGN
Diese Unbekümmertheit ...!
KNURR
Kiku, du möchtest sehen, wie ich mich freue ...
... also was wirst du heute für mich kochen?
Frühlingsrollen!
Offenbar hast du schon welche zu Mittag gegessen, aber ich habe beschlossen, dass es sie heute gibt!
Wenn du sie so liebst, dann beiß in den sauren Apfel und iss sie!
長瀞高校
剣道部

Weil wir uns inzwischen sehr nah stehen ...?
Jedenfalls ...
... hatte ich den Eindruck, wir wären vertrauter geworden.
Nah stehen ...
Na ja, so ungefähr kommt das wohl hin.
So sieht's aus.
Wie gesagt ...
Der Kies tut weh ...
War es dir unangenehm?
...!

Mal abgesehen davon sind wir beide Männer.
Es gibt Leute, die so was nicht kümmert.
Mich aber!
Was denkst du denn, warum ich das eben getan habe?
Hä?
Warum ...
... denkst du ...
... habe ich das eben getan?

So etwas macht man nur, wenn man etwas Besonderes für denjenigen empfindet.
Zumindest ist das für mich so.
Setz dich anders hin!
...
n, du meinst im
mellen Kniesitz.
Du weißt, dass es dafür ...
... eine feste Reihenfolge gibt?
Ja.
Wenn man seine Lippen auf die eines anderen legen will, ist dessen Einverständnis sehr wichtig!
Bist du dir dessen bewusst?
Ja.
So etwas wie eben machen nur Schwerenö...
Das machen nur Sittenstrolche!
itten-
olche ...
長瀞高校
剣道部

FWUSCH
WATSCH
DRÜCK DRÜCK DRÜCK DRÜCK DRÜCK
...!
Mit der Rück-hand ...
Was war denn das ge-rade?!
Wow, das hat sich nicht unnatür-lich ange-fühlt.
Wie ...
Ah!
In was für einer Welt bin ich hier gelan-det?!
Es ist nicht so, wie du denkst.

7. Kapitel

Das ist es also, was du die ganze Zeit vorhattest, Kiku. Ganz schön eigensinnig.
Sei still!
Du hast mich doch herbeigerufen, Shiro!
Dann warst also du derjenige, der einsam war, Kiku.
Quatsch!
Gehen wir ...
... spazieren?

In ...
... Ord-
nung.

Ja, genau.
Wenn du ...
長静高校 剣道部
... wie gehabt hier-bleibst ...
... reicht mir das vollkom-men.

Freust du dich plötzlich einfach so aus dem Nichts heraus!
長瀞高校
剣道部
Was soll man denn bitte anstellen?!
Muss ich dafür erst schmollen, oder was?!

Das ist kein Grund zum zu Lächeln!
Es reicht nicht, wenn ich dich nur morgens und abends sehe!
Was soll ich denn machen?
Wie soll ich wissen ...
... was dir am besten schmeckt? Wie soll ich mehr über Gemüse und Blumen lernen?!
Ich dachte, wenn das so weitergeht, werde ich nie ein Lächeln in deinem Gesicht sehen!
Aber dann ...

Andere Optionen, als zum Supermarkt zu gehen ...
... sind mir ja nicht geblieben ...!
Du wolltest also einfach etwas mit mir unternehmen.
Aber stattdessen hab ich was mit Freunden unternommen.
Ja, genau ...!
Guck nicht!
Und jetzt bist du eingeschnappt ...
Hast du dich einsam gefühlt, weil sie mich einfach mitgenommen haben?

ooo
o
Du hattest doch Zeit.
Findest du den Weg alleine nicht?
Doch, natürlich!
Aber ...
Du wolltest lieber mit mir zusammen hingehen?

Und dann ...
Shiro ...
Hör mal ...
Bitte sag mir nächstes Mal Bescheid, wenn du schon andere Pläne hast.
Ist irgendwas passiert?
Es kostet mich schließlich Überwindung ...
Und ich habe auch Wünsche!
Ich meine ...
...!
Würdest du mit mir zum Supermarkt gehen ...?
Das war es, was du gerne getan hättest?
Nein!
So war das nicht gem...

Was machst du denn hier?
Ich habe mich gefragt, ob es hier Fische gibt.
Gibt es …
Tatsächlich?
長瀞高校 剣道部
Da fällt mir ein …
Daiki wäre mal fast ertrunken, als er einen Fisch fangen wollte.
Dabei ist das Wasser hier seicht …
Von da an hatte er Angst vor Wasser. War ganz schön heftig.

KLACK
Bin wieder ...
Er wird doch nicht ...
... schon wieder ...

Ich habe eine Menge Fragen an ihn.
Zum Beispiel, ob es nicht anstrengend ist, sich um so einen frechen Typen wie dich zu kümmern.
Dann geh doch nach Hause! Im Ernst!
Siehst du? Total frech!

Bist du sicher?
Womit?
Sagtest du nicht, du kannst ihn fürs Erste nicht alleine lassen?
Du hast mich doch gefragt, ob ich mitkomme.
Ich dachte, Kiku kommt vielleicht auch mit.
Ich würde ihn gern besser kennenlernen. Immerhin kümmert er sich um dich.
Und was interessiert dich das?!
Kümmert euch nicht um ihn.
Ihr seid viel zu neugierig.
Natürlich sind wir das.

Sonst ist er immer sehr nüch tern ...
... oder zumin-dest nicht kindisch.
Je-denfalls in meiner Gegen-wart.
Ihn so zu sehen beruhigt mich.
Studentenblume

Wir gehen dann mal.
J... Ja!
Passt auf euch auf!

Shiro wird auch antreten. Ich geb dir später die Adresse!
FLÜSTER
Was tuschelt ihr da?
Nichts!
Ach ja ...
Wir leisten dir Gesellschaft, also lad uns zum Essen ein!
Ihr hängt euch doch von allein an mich dran.
Ich habe Essen gemacht.
Mio ...
Mio ...
Sandwiches?
Weil wir endlich mal wieder was zusammen unternehmen ...
Ja. Und Reisbällchen.
Hab's ja kapiert. Dann machen wir halt ein Picknick oder was auch immer!
Dai und Shiro! Ich habe auch eure Leibspeisen dabei.
Wirklich?
Auch Frühlingsrollen?
Und Tamagoyaki?*
Und Hühnchen?
長瀞高校 剣道部

*jap. Omelett

Mir gefällt er auch.
KIPP
Was is?
Was macht ihr überhaupt hier?
Wir wollten ihn kennenlernen.
Im Ernst?
Wir waren nicht verabredet!
FLÜSTER
Kiku!
Du kommst doch zum nächsten Kendo-Turnier, oder?
Es findet ein Turnier statt?
Hat er dir nichts davon erzählt?

KLAPPER
Was machen die da …?
Entschuldigt, dass ich mich nicht vorgestellt habe.
Ich heiße Kiku Namenlos.
長瀞高校 剣道部
Dein Nachname ist Namenlos?
Als wärst du ein John Doe.
Zieht nicht über die Namen anderer Leute her!
Ich wollte damit sagen, dass es ein cooler Name ist!
長瀞 高校

Die haben wir in der Grundschule angepflanzt.
Hoffentlich gedeihen sie gut.
Ihr wartet schön hier.
Ja!
Ihr kennt euch also schon von klein auf?
Ihr versteht euch so gut.
Ja, seit Shiro sooo klein war!
Sie sind unzertrennlich.
SCHRECK
SCHWUPP
Toko!
*Nagatoro-Oberschule - Kendo-Team
Freut mich, dich kennenzulernen. Mein Name ist Toko.
Ich bin Mio.
G... Guten Tag.
Du warst neulich in der Schule, stimmt's?
Äh, . Hab m das mbus- hwert ge- racht.

Heute hast du nur bis mittags Training, oder?
Nimmst du etwas mit oder isst du hier?
Oh ...
Das hab ich ganz verges-sen.
Studen-tenblu-men?

KAU
Guten Appetit!
Damit meinte er Reisbällchen?
Es ist ein weiter Weg ...
Die Kunst der Reisbällchen zu meistern?

Aber wenn ich schlafe, habe ich die Augen geschlossen!
Deine Mimik ist immer ausdruckslos!
Weil ich mit den Augen kommuniziere.
Deshalb lohnt sich die Mühe, dich zum Lächeln zu bringen.
Mmh ...
KNACKS
Aua!
Du bist ja richtig motiviert.
Weil ich beschlossen habe, einfach das zu tun ...
... was ich möchte.

Hast du meinetwegen Albträume?
Nein, hab mich wohl geirrt.
Bei so was ist er nie ehrlich ...
Liegt bestimmt daran, dass du nie jemand anderen als mich zu Gesicht kriegst.
Ja, klingt einleuchtend.
Du hast wohl recht.
Ist auch kein Wunder, wenn ich mir dein Gesicht anschaue, das immer gleich aussieht, egal ob du schläfst oder wach bist ...

Guten Morgen.
TRÄUM
Noch nicht ganz wach, was?
Ich habe das Gefühl, als würdest du in letzter Zeit in meinen Träumen auftauchen ...
... aber dann irgendwie doch nicht.
6. Kapitel

Inhalt

Im Fluss der Zeit